El Taller de Emociones presenta

LOS ATREVIDOS
DAN EL GRAN SALTO

Los atrevidos dan el gran salto

Primera edición en España: octubre de 2015
Primera edición en México: diciembre de 2015

D.R. © 2015, Elsa Punset

D. R. © 2015, Penguin Random House Grupo Editorial, S. A. U.
Travessera de Gràcia, 47-49, 08021, Barcelona

D. R. © 2015, de la presente edición en castellano para todo el mundo:
Penguin Random House Grupo Editorial, S. A. de C. V.
Blvd. Miguel de Cervantes Saavedra núm. 301,1er piso,
colonia Granada, delegación Miguel Hidalgo, C.P. 11520,
México, D. F.

www.megustaleer.com.mx

D. R. © 2015, Rocio Bonilla, por las ilustraciones

ISBN: 978-607-31-3919-9

Impreso en México – *Printed in Mexico*

El papel utilizado para la impresión de este libro ha sido fabricado a partir de madera procedente
de bosques y plantaciones gestionadas con los más altos estándares ambientales, garantizando
una explotación de los recursos sostenible con el medio ambiente y beneficiosa para las personas.

Penguin
Random House
Grupo Editorial

El Taller de Emociones presenta

LOS ATREVIDOS
DAN EL GRAN SALTO
Elsa Punset

Ilustraciones de Rocio Bonilla

Beascoa

En una pequeña ciudad frente al mar hay una casa con ventanas blancas, y detrás de una de esas ventanas hay una habitación alegre, llena de risas y protestas, y dos niños a los que les quiero presentar…

—Tasi, esta pijama te queda chica. Necesitas una nueva —decía Alexia mientras colocaba por enésima vez sus cuadernos nuevos en la mochila.

—¡Uf! —respondió su hermano jalando las mangas—. No sé qué pasa, mi ropa se encoje.

Pero Tasi tiene cosas mejores en las que pensar y empieza a dar saltos en su cama, gritando: «¡Soy el capitán de un barco mágico! ¡Y nada me da miedo!».

—¿Y cuando la enfermera te puso la inyección antes del verano? —le recordó Alexia—. ¡Vaya grito que pegaste! Asustaste a todos los bebés que estaban en la sala de espera.

—¡Hace mucho de eso! Era muy pequeño —contestó Tasi.

—¿Y cuando te subiste al árbol de la casa de Juan y te dio miedo bajar? Su padre tuvo que subir a buscarte con una escalera. ¿Qué dices de cuando apagamos la luz de la habitación? ¡Siempre dices que hay un monstruo debajo de tu cama!...

—No, no, ¡sólo me da miedo cuando dejas la puerta del clóset abierta! —protestó Tasi—. Pero tú también tienes miedo, Alex. ¡No te atreves a quedarte sola en casa ni un minuto! ¡Ni cuando mamá tiene que ir a comprar el pan!

Es cierto. Alexia tiene miedo a quedarse sola. También tiene miedo a las pesadillas, a tener fiebre y a vomitar por si se atraganta…

–Alex, ¿jugamos a ser capitanes de barcos? –preguntó Tasi cambiando de tema. Es su juego preferido.

–No, Tasi. Ya es tarde. ¡Date prisa! Mamá va a subir a apagar la luz –contestó Alexia cerrando su mochila.

–Rocky, escóndete debajo de la cama –ordenó Tasi mientras se acurrucaba debajo del edredón.

Rocky es el perrito más juguetón y cariñoso del mundo. Y, por supuesto, es el mejor amigo de Tasilo. Les gusta dormir con él, pero eso mamá no lo entiende para nada. Esa noche, sin embargo, mamá no se fijó en Rocky y, después de los besos y abrazos, se despidió de los niños y apagó la luz…

Tasi sabe que es imposible dormir si uno no es capaz de calmar los pensamientos y ruidos que nos llenan la cabeza, pero él tiene un truco.

Cuando llega la hora de dormir, saca una goma invisible y borra cuidadosamente la habitación entera, empezando por una esquina: borra las paredes, la ventana, la voz de su hermana… hasta que se queda dormido. Pruébenlo, ¡funciona!

Claro que esa noche no fue exactamente como las demás… Esa noche, Rocky empezó a ladrar. «¡Tasi, Tasi, despierta!», parecía que le decía, con todos los pelos de punta, como si fueran agujas blancas.

Tasi abrió los ojos. Tras la ventana ahora abierta de la habitación vio **¡un barco enorme que flotaba en el aire!** El pequeño se levantó maravillado de la cama y, sin pensarlo dos veces, trepó por la escalera de cuerda que entraba por la ventana. Rocky lo siguió, como siempre.

El barco se balanceaba y, en el silencio de la noche, la madera de la cubierta crujía… De repente, Tasi se acordó de su hermana.

—Rocky, ¿dónde está Alex? —preguntó, intranquilo.

—Ya sabes que siempre tarda más que tú en dormirse —contestó Rocky, que ahora hablaba como los humanos.

—¿Regresamos a la habitación y la despertamos? —sugirió Tasi.

¡Demasiado tarde! Como si una mano invisible le hubiera dado un

empujón, el barco empezó a deslizarse suavemente por un mar de nubes... ¿Adónde iban? El barco se elevó hasta una nube altísima. Tasi perdió el equilibrio y resbaló sin poder agarrarse a nada.

–¡Esto se mueve mucho! –gritó–. ¡Socorro! ¡Alexia!

¡Y oyó la voz de su hermana, que se acercaba a toda velocidad!

–¡Espérenme! ¡Eh, eh!... ¡Cuidado! ¡No soy de piedra! ¡Me están aplastando! ¡Me duele! ¡Más despaciooo...!

Y Alexia aterrizó en la cubierta del barco –¡zapatumba!–, rodeada de un grupo de gaviotas blancas y ruidosas.

–¡Uf! –gritó, despeinada por el viento y con las mejillas rojas–. ¡Qué maleducadas! ¡Me tiraron como si fuera un paquete! Menos mal que los encontré. **¡El cielo está lleno de barcos!** ¡Mi pelo! ¿Alguien tiene un cepillo? Pero ¿qué es este lío? ¿Qué pasa aquí?

Los niños miraron a su alrededor. ¡Por todas partes había gaviotas ruidosas, con paracaídas a la espalda y grandes anteojos amarillos! Aterrizaban como podían, resbalaban, discutían y se gritaban de una punta a la otra. ¡El ruido era tremendo!

Una gaviota aterrizó justo a su lado y pisó a Rocky, que chilló del susto.

13

–¡Uy! ¡Cuidado! ¡Auuu! –exclamaron Alex, Tasi y Rocky.

–Pero ¿quién les enseñó a volar? –protestó Alexia–. ¡Qué poco habilidosas!

La gaviota se levantó, metió su paracaídas en la mochila a toda prisa y se acercó a los niños.

–Me disculpo en nombre de la Organización –dijo resoplando y con una voz algo chillona–. Llevamos poco tiempo practicando el salto en para-

caídas y, claro, en esta noche sin luna no se ve nada de nada... Aunque les advierto que habría sido peor si en vez de gaviotas fuéramos pelícanos –añadió ladeando la cabeza.

–¿Dónde estamos y quién es usted? –preguntó Alexia con los ojos como platos.

La gaviota arqueó sus cejas blancas y se puso tiesa como un palo.

–¡Bienvenidos al BARCO DE LAS EMOCIONES, queridos niños! Hoy

seré su guía, ¡su guía de emociones! –informó–. O lo que es lo mismo: los voy a ayudar a comprender lo que les pasa por dentro. Y es que ya saben lo que se dice: «NO EXISTE UN DESAFÍO MÁS GRANDE QUE MEJORARSE A UNO MISMO» –añadió inclinando la cabeza–. Por cierto, ¿es su primera vez?

–¿Primera vez? ¿Primera vez de qué? –preguntó Alexia, que la miraba con los ojos muy abiertos.

–Pues la primera vez en las Olimpiadas de las Emociones, claro –repuso la gaviota–. Esta noche nos toca la prueba del miedo... **El mie-do** –repitió despacio, quitándose los anteojos–. Vamos de barco en barco haciendo la prueba a todos los niños. En cuanto pasan la prueba, pueden regresar a casa. Pero basta de plática, ¡se nos hace tarde!

–¿Cómo? –protestó Alexia, que siempre tenía que decir algo–. ¡Yo no puedo llegar tarde!

–¿Por qué no? –preguntó la gaviota, algo molesta–. ¿Acaso hay algo más importante que participar en las Olimpiadas de las Emociones?

–¡Mañana es mi primer día de clases! –exclamó Alexia–. ¡No tengo tiempo para olimpiadas! ¿Qué dirá la maestra si falto a clase? ¡Tengo

las cosas preparadas! Si llego tarde, todos se preocuparán y me regaña-rán. Y me dejarán el peor lugar en el salón, hasta atrás, y... –a medida que Alexia iba imaginando lo que le podría pasar si llegaba tarde el primer día de clases, la invadía verdadera angustia.

La gaviota la miró muy seria.

–Señorita Alexia, ¿sabes qué dicen los grandes sabios? ¡Debemos apren-der a ser dueños y no esclavos de nuestras emociones!

—¿Quién dice qué? ¿Sabes de quién habla? —susurró Tasi a Rocky.

—Ni idea —contestó Rocky.

—Pregúntaselo a ella, a la ga… a la ga… a la gallina —murmuró Tasi.

No hubo tiempo. La gaviota los miró otra vez muy seria.

—Si empezamos ya, podrán regresar a casa a tiempo esta noche. Las pruebas de las Olimpiadas de las Emociones se realizan siempre durante la noche. ¡Los niños tienen que regresar a casa antes del amanecer! Si no, ¡qué cara de sueño tendrían al día siguiente! Pero si siguen protestando, no avanzaremos. ¿Estamos de acuerdo, entonces?

Los niños y Rocky asintieron con la cabeza, y la gaviota añadió:

—Bien, antes de hacer la prueba del miedo, tenemos que completar… a ver… esta hoja… —buscó en su mochila y sacó un papel rojo.

—¿Sus miedos más recientes? —preguntó levantando el lápiz.

—**¡Yo nunca tengo miedo!** —aseguró Tasi, muy serio.

—Así no llegaremos a ninguna parte —advirtió la gaviota con voz áspera.

—¿Para qué quiere saberlo? —preguntó Alexia.

—Para elegir la mejor prueba del miedo para ustedes, por supuesto —contestó la gaviota.

–Es que no tengo mi... miedo –repitió Tasi, testarudo.

Alexia lo interrumpió:

–Bueno, llora cuando le ponen inyecciones.

–Tasilo: miedo a las inyecciones –anotó la gaviota.

–¡Es que era muy pequeño! –protestó Tasi, malhumorado.

–A veces no se atreve a bajar de los árboles, y también tiene miedo a los monstruos de debajo de la cama –continuó Alexia.

–Tasi: miedo a las inyecciones, miedo a los monstruos de debajo de la cama y miedo a las alturas –repitió la gaviota–. Aquí nuestra prueba estrella queda de maravilla –murmuró para sí misma con una media sonrisa.

–Ah, ¡pues tú también tienes miedo, Alex! **¡Nunca quieres quedarte sola en casa!** –protestó Tasi, indignado.

–Alexia: miedo a quedarse sola –apuntó la gaviota rápidamente.

–Los humanos son un poco miedosos... –Rocky tosió discretamente para suavizar la tensión.

–Pero, Rocky, ¡qué cínico! ¡Si tú te pegaste un susto enorme en el parque con una simple bolsa de plástico! –exclamó Tasi riendo a carcajadas.

–Es que creí que era el perro del vecino, y como tiene tan mal carácter...
–explicó Rocky.

–Rocky: miedo a las bolsas de basura –lo interrumpió la gaviota–. Bueno, pues ya está todo claro. Podemos pasar a la prueba.

Y, con mucho orgullo, y casi gritando, la gaviota anunció:

–Señoritas, señoritos, perros y demás: la Organización Estelar de

las Olimpiadas de las Emociones (conocida en el mundo entero como **OéOé**) les propone participar en su prueba estrella para ser campeones del miedo: ¡el salto en paracaídas!

–**¿Eh? ¿Qué? ¿Cómo? ¿Saltar en paracaídas?** –exclamaron ellos–. **¡Ni hablar! ¡De ninguna manera!**

–Pero, chicos, saltar en paracaídas está de moda… –aseguró la gaviota–. ¡Y hoy tenemos unas condiciones tan maravillosas, con este cielo magnífico, despejado y tan lleno de estrellas!

La gaviota miró con orgullo a su alrededor. En un rincón del barco, un grupo de compañeras ya estaba preparando la prueba…

–**¡Pero saltar en paracaídas da mucho miedo!** –dijeron los niños.

–¡Precisamente! –replicó la gaviota–. Las Olimpiadas de las Emociones sirven para experimentar cada emoción intensamente, ¡para aprender a manejarlas como campeones! ¿Qué mejor ocasión que saltar en paracaídas para enfrentarse al miedo? ¡Van a participar en nuestra prueba estrella!

–¿No hay otra prueba que podamos hacer, señora Gaviota? –preguntó Rocky, tan tímido que parecía que tosiera.

La gaviota soltó un graznido y revisó sus notas.

—Bueno, con estos ingredientes...Veamos, miedo a las bolsas de plástico... Qué puedo decir, no es un miedo habitual... Para superarlo, podríamos pasar unas horas a la deriva en una montaña de basura interestelar... ¿Miedo a los monstruos que se esconden debajo de las camas? Ese miedo, en cambio, es de lo más común, y se vence examinando y limpiando debajo de todas las camas del hotel más grande de la ciudad. Son unas mil doscientas. Aunque vamos un poco mal de tiempo, así que tienen que decidirse de inmediato. Porque quieren regresar a su casa antes del amanecer, ¿verdad? —y los volvió a mirar fijamente.

–¿Qué nos aconseja usted? –preguntó tímidamente Alexia.

–Yo les aseguro –contestó la gaviota– que es **mejor un buen susto y aprender de una vez por todas a enfrentarse al miedo que andar arrastrándose una vida entera.** Pero bueno, si no hay agallas, me ofrezco a hablar con mis compañeras y prepararles otras pruebas del miedo en plan limpieza de camas o isla de basura interestelar. Pero, claro, no esperen milagros. Perderán el miedo a las bolsas de plástico y a los monstruos de debajo de las camas, pero nada más, me temo. Y, por supuesto, no podrán llevarse la medalla de oro que damos a nuestros campeones.

–**¿La medalla de oro de los campeones?** –repitió Tasi con los ojos brillantes–. ¿Me dará esa medalla si salto en paracaídas?

–Si saltas correctamente, desde luego tendrás esa medalla –aseguró la gaviota–. Entonces, ¿ya lo tienen claro?

Los hermanos intercambiaron una mirada rápida.

–Sí, lo tenemos claro –dijo Alexia–. Vamos con el salto en paracaídas.

–Los felicito. Es sin duda la elección adecuada –aseguró la gaviota–. Unos chicos muy valientes. ¡Son unos atrevidos!

–¡Atrevidos! ¡Claro! ¡«Atrevidos» empieza con la **A** de Alexia! –exclamó la niña.

–¡Y lleva la **T** de Tasi! –añadió su hermano.

–¡Y la **R** de Rocky! –ladró el perro.

–¡ATREVIDOS! –gritaron los tres a la vez.

–¡LOS ATREVIDOS! ¡Me gusta! Voy a preparar el salto. Recojan sus anteojos y espérenme aquí –les pidió la gaviota.

Los niños y Rocky esperaron sentados en el borde de una nube mientras las gaviotas pasaban rozándoles. Alexia, como siempre, no podía dejar de hablar:

–¡Qué bueno es esto! Siento un cosquilleo en el estómago. ¡Qué miedo, pero qué bueno! ¡Voy a respirar profundamente para relajarme... Así... Así... –y respiró profundamente–. ¿Qué te pasa, Tasi?

Tasi la había agarrado por el brazo y con la otra mano le señalaba algo allí abajo. Alexia se inclinó cuidadosamente hacia adelante. Bajo sus pies había montones de nubes, y a lo lejos se veían valles y montañas verdes.

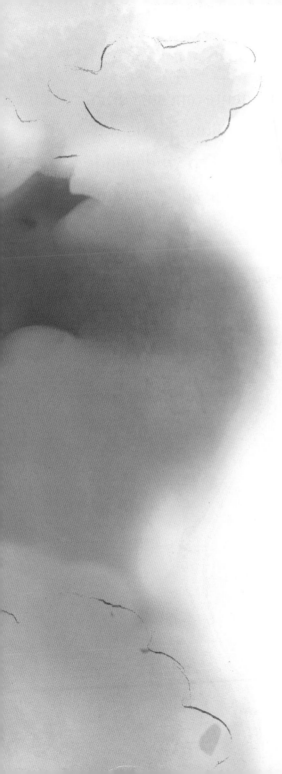

Y junto al mar podían distinguir la pequeña ciudad donde vivían y donde los esperaba su cama...

–¡¡¡Oh!!! –exclamó–. ¡Qué bonito! Parecen campos de nubes. ¿Crees que podríamos correr y saltar por encima?

La voz decidida de la gaviota, que estaba justo detrás de ellos, la sacó de su ensoñación.

–¿Preparados, Atrevidos? –dijo.

–No –contestó Tasi.

–No es una pregunta, es una orden –susurró Alexia a su hermano. Y añadió tímidamente mirando a la gaviota–: Disculpe, y después de saltar, ¿cómo llegaremos a nuestra cama?

A veces, cuando estaba nerviosa, Alex se confundía y pensaba en cosas que iban a pasar muuuuuucho después.

–Está todo calculado, queridos niños –aseguró con paciencia la gaviota–. Si saltan bien,

29

sin desviarse y con valentía, aterrizarán directamente en su cama. Ah, y por cierto, se quedarán dormidos al instante. Mañana por la mañana puede que recuerden la prueba y puede que no. Eso ya depende de cada niño. Las gaviotas no nos hacemos responsables de este tema —añadió.

—Y entonces **¿quién me dará la medalla de campeón?** —preguntó Tasi, un poco desconfiado.

—Calma, calma, ¡que todavía no has saltado, jovencito! —contestó la gaviota—. ¡Si saltan como saben que deben saltar y sin la nariz aplastar, los buenos saltadores medallas recibirán! —y cacareó de gusto con su gracia.

Poniéndose seria de nuevo, los apremió:

—Bueno, qué, ¿saltamos ya?

—Sólo una cosa más —dijo Alexia—: ¿volveremos a vernos?

—¡Naturalmente! —contestó la gaviota—. ¡Soy su entrenadora de emociones! Y en emociones ¡hay que entrenarse toda la vida!

—Pues al menos díganos cómo se llama... **¡No nos ha dicho su nombre!** —dijo tímidamente.

Sorprendida, la gaviota dijo:

–¡Uy, qué despiste! ¡Soy **Florestán**, por supuesto! ¿De verdad no se los había dicho? –dijo la gaviota–. Y, por cierto, dejen de hablarme de usted –y añadió–: Antes de saltar, vamos a hacer el chequeo del miedo:

CHEQUEO DEL MIEDO

pálido

late fuerte

nudo en el estómago

manos frías

–¿Tienen las manos frías?

–¡SÍ! –exclamaron los niños.

–¿Y el corazón les late con tanta fuerza que hasta pueden oírlo?

–¡Yo lo tengo casi en el hocico! –aseguró Rocky.

–¿Y tienen una sensación rara en el estómago, como un nudo?

Todos dijeron que tenían un nudo enorme.

–¡Magnífico! –dijo Florestán–. ¡Eso es porque sienten miedo! ¡Se les ve pálidos y más asustados que un elefante ante un ratón! Pues deben saber que están en un momento excelente para descubrir algunas cosas que se pueden hacer para tener menos miedo. ¿Se les ocurre alguna?

–Yo sé un chiste –dijo Tasi–. ¿Saben qué es lo que más miedo le da a un vampiro?

–¡Tonterías! –protestó la gaviota.

–No, en serio, ¿qué es lo que más miedo le da a un vampiro? –insistió Tasi–. ¡Pues ir al dentista, claro! –y empezó a reír–. **Cuando tengo miedo, a mí me ayuda pensar en algo divertido** –aseguró.

–Bien, aceptado –decidió la gaviota–. Lo importante es que cada niño encuentre sus trucos.

plan antimiedo de TASI

—Se me ocurre otra cosa —dijo Tasi—: en Navidad podría pedir una linterna y guardarla debajo de mi almohada, por si tengo miedo a la oscuridad.

—Y si movemos tu cama un poco a la derecha, no veremos las sombras que arroja el árbol por la ventana —sugirió Rocky.

–¡Excelente! –aplaudió la gaviota–. Eso es lo que los expertos llamamos un «plan antimiedo».

–Pues yo, cuando tengo miedo de noche, imagino que estoy flotando en una nube muy suave, o que estoy acostada en la arena calientita de una playa preciosa... –dijo Alexia–. Respiro profundamente, pienso que mis pulmones son globos grandes y los lleno de aire hasta arriba. Luego suelto despacito el aire... ¡y el miedo sale como un humo oscuro por mi boca! Este truco me lo enseñó mamá y me gusta mucho.

La gaviota estaba encantada.

Plan antimiedo de Alex

—Chicos, aquí hay madera de campeones. ¡Cada uno utilice su truco antimiedo antes de saltar! Y una vez en el aire, jalen la cuerda roja.

Y ordenó firme:

—Saltamos en 5, 4, 3...

Alexia agarró la mano de Tasi respirando profundamente.

—Tranquilo, ¡salta conmigo! —le dijo mirándolo a los ojos.

—... 2, 1, ¡¡¡YA, SALTEN, ATREVIDOS!!! —gritó la gaviota.

Y saltaron.

Bueno, en realidad saltaron los niños, porque Rocky se quedó paralizado de miedo.

—¡Rápido! —gritó la gaviota—. ¡Hay que saltar! ¡Está amaneciendo!

Y, muy resuelta, empujó con su pata a Rocky, quien, muy asustado, se agarró rápidamente al cuello de Florestán… ¡y los dos salieron volando por los aires!

Los niños extendieron los brazos y las piernas y después jalaron las cuerdas rojas que colgaban de sus paracaídas, mientras veían cómo la tierra se acercaba a toda velocidad.

—¡Rocky! —gritó Alexia—. ¡No puedes aterrizar de cabeza! ¡Suelta a Florestááán!

Allí a lo lejos se hacía grande su casa, su ventana, su cama...

¡¡¡SSSSShiuuuuuuuuuuuuu... PAM!!!

Cuando amaneció en la ciudad blanca cerca del mar, a Tasi lo despertó la voz de su hermana.

–¡Tasi, Tasi, despierta! –repetía Alex.

Tasi murmuró algo y se dio vuelta hacia el otro lado de la cama.

–¡Despierta, Tasi! ¿Oíste lo que te dije?

—Es posible… –dijo Tasi muy quedito–. Sí, estoy completamente de acuerdo contigo, Alexia –y siguió durmiendo.

—Tasi, tienes que escucharme, **¡mira debajo de tu almohada!**

Al fin Tasi se despertó, tallándose los ojos.

—Alex, ¿sabes qué? –exclamó recordando–. Estaba soñando que estábamos en un barco y había una gaviota que llevaba un paracaídas y…

—Sí, sí, Tasi –interrumpió Alexia–. ¡Mira debajo de tu almohada!

Tasi pasó la mano debajo de su almohada. ¡Había algo redondo y liso!

—Entonces… ¿tú crees que…? –preguntó mirando a Alexia con los ojos muy abiertos.

¡A Alexia no le cabía la sonrisa en la cara! Mientras, al pie de la cama, Rocky dormía a pata suelta con el pelo completamente enmarañado y despeinado, ¡como si acabara de aterrizar de un gran salto en paracaídas!

Pero nada de eso había pasado esa noche… ¿o sí?

¡Hasta pronto, ATREVIDOS!

TALLER DE EMOCIONES: EL MIEDO

El miedo es una de las emociones básicas con las que nacemos, y también una de las más poderosas. ¿Sabes por qué? ¡Porque es la emoción preferida de **nuestro cerebro, que está programado para sobrevivir!** El miedo nos advierte que puede haber peligro y actúa como un guardaespaldas, como una señal de alarma que se dispara ante cualquier amenaza.

¿Cómo se dispara el miedo? La central de alarma del miedo reside en el sistema límbico, en una estructura de nuestro cerebro llamada amígdala (¡y que no tiene nada que ver con las amígdalas de la garganta!). La amígdala está constantemente buscando señales de peligro. Cuando identifica una amenaza, dispara su señal de alarma y nuestro cuerpo se prepara para paralizarnos, huir o agredir para protegernos. Cuando sentimos miedo, actuamos de forma mucho más emocional ¡y mucho menos racional!

El miedo se deja sentir en cuerpo y mente. Aunque el cerebro se encarga de buena parte del procesamiento y la coordinación de la respuesta al miedo, el cuerpo entero participa para crear una respuesta a esa emoción: el corazón se acelera, respiramos más deprisa, sudamos…

¿Estrés o ansiedad? El miedo genera estrés, que nos pone en guardia y puede ser útil para sobrevivir. Pero el miedo excesivo se convierte en ansiedad, ¡y eso nos daña! La ansiedad desgasta el sistema inmunológico, el sistema digestivo, el sistema cardiovascular y el rendimiento cognitivo de niños y adultos.

Para ayudar a tus hijos a gestionar el miedo...

1. Mantén un ambiente sereno. Los niños aprenden a gestionar sus emociones viendo cómo lo hacen los adultos. Cuando se enfrentan a un evento preocupante, miran cómo reaccionan los adultos que los rodean y los imitan. ¿Cómo reaccionamos nosotros cuando hay turbulencias en un vuelo o cuando nuestro hijo cayó y se hirió? ¿Perdemos los nervios y nos ponemos ansiosos cuando algo no sale como esperamos? Resulta muy útil que expliquemos a nuestros hijos cómo nos enfrentamos nosotros a las cosas que nos dan miedo.

2. Háblales de su cerebro programado para sobrevivir. Puedes ponerle un nombre simpático a este cerebro antiguo, programado para sobrevivir, que tiende a exagerar y recordar todo lo malo: «el cerebro preocupado», «el duende temeroso», «el geniecito avisador», «el guardián del miedo»... ¡Recuerda a tu hijo que la misión de este cerebro es protegernos! Nos avisa, por ejemplo, que no debemos cruzar la calle cuando se nos escapa la pelota o que no debemos tocar una olla caliente... Pero a veces confundimos los avisos de nuestro «cerebro preocupado» con las historias que nos cuenta nuestra maravillosa (y desbordante) imaginación. Ayúdalo a aprender a distinguir la voz del miedo.

3. ¡No evites siempre el miedo! El miedo aumenta cuando se evitan sistemáticamente los estímulos que lo causan. Así que, a menos que se trate de una fobia que requiere ayuda médica, no evitemos siempre a nuestro hijo o hija todo lo que le da miedo; por ejemplo, volar en avión o dormir fuera de casa. Enséñale poco a poco a gestionar sus miedos, a reconocer las señales de esa emoción en su cuerpo y su mente, y a saber cuándo y cómo gestionarlos.

4. Evita las burlas. Cuando un niño tiene miedo, evitemos comentarios del tipo «Es imposible que pase nada» o «Esto que dices es una tontería», porque seguramente interpretará que nos burlamos de sus temores. Algunas sugerencias:

- **Ayuda al niño a poner nombre a su miedo.** Por ejemplo, si tiene miedo a que caiga un rayo durante una tormenta, le puedes decir: «Te preocupan mucho los rayos, ¿verdad, cariño? Cuéntame por qué».

- **Ensaya con el niño las situaciones que lo preocupan.** Por ejemplo, si tiene que presentar un trabajo en clase o cantar en una función de la escuela, ayúdalo a prepararse y luego busca oportunidades para que ensaye delante de amigos y familiares cariñosos. O si tiene miedo a ir a un campamento, proponle que «acampe» en la sala o el jardín de casa algunos días antes junto con su hermano mayor o alguien de la familia.

5. Limítale las malas noticias. Cuando somos pequeños, algunas noticias que vemos en los medios de comunicación, como los ataques terroristas, los incendios o los accidentes, pueden abrumarnos porque no tenemos suficiente experiencia vital para ponerlas en un contexto realista.

6. Enséñale a hacerse amigo de su cuerpo. Cada emoción deja una huella física en nuestro cuerpo. En su primera aventura, los Atrevidos aprenden a reconocer las señales físicas de su miedo: su corazón se acelera, palidecen, tienen un nudo en el estómago... Pero, además, Alexia recuerda algo fundamental en la gestión de las emociones: cuando consigue «calmar» su cuerpo, también consigue «calmar» su mente.

Caja de estrategias

Aquí tienes algunas estrategias útiles para aprender a gestionar el miedo:

1. Relajación física. Una de las formas más sencillas y asequibles de reducir el estrés es aprender a relajarse físicamente. No sólo tiene un efecto excelente en la salud física y mental, sino que además es muy agradable. Recuerda, por ejemplo, cómo te sientes cuando te relajas gracias a un baño caliente o cuando te estiras en el sillón después de un largo día de trabajo… Cuando te relajas, activas los reflejos de descanso del sistema nervioso parasimpático, que calma las respuestas naturales y automáticas de huida o de agresión del sistema nervioso simpático, que es el que te tiene en guardia para sobrevivir. Hay muchas técnicas para relajarse, pero una de las más sencillas es la relajación muscular, muy útil para que nuestros hijos calmen su estrés tanto físico como mental. ¡Practícala unos minutos de vez en cuando con ellos con su música favorita! Con un poco de práctica y paciencia, ¡los resultados son evidentes!

- **Técnica del «aprieto y suelto».** Con música suave de fondo, pedimos al niño que se estire y apriete fuerte (o contraiga) una parte de su cuerpo. Contamos hasta tres y soltamos. Podemos contraer la cara, los puños… hasta recorrer el cuerpo entero.

- **Técnica del «estiro y relajo».** También con música suave de fondo, pedimos al niño que estire una parte de su cuerpo, ¡alargándola todo lo posible!... Contamos hasta tres y soltamos despacio. Después balanceamos suavemente la parte del cuerpo estirada.

- **Relajación de boca y lengua.** Las fibras del sistema nervioso parasimpático, que tiene que ver con la digestión y el reposo, llenan nuestra boca. Así que relaja la boca y la lengua; también puedes tocarte tus labios con la palma de la mano.

- **Obertura de la boca.** Abrir un poco la boca puede ayudar a disminuir los pensamientos obsesivos porque reduce la subvocalización, es decir, ese reflejo inconsciente que hacemos de mover la boca y la lengua cuando estamos atrapados en discursos mentales.

- **Respiración consciente.** Enseña a tu hijo a respirar profundamente y despacio varias veces, llenando los pulmones y el abdomen de aire. Mientras inhala, que cuente mentalmente «uno, dos y tres», y que exhale aún más despacio contando «uno, dos, tres, cuatro, cinco, seis…».

- **Relajación del diafragma.** El diafragma es el músculo que está debajo de los pulmones y que ayuda a llenarlos de aire. Para relajarlo, pon la mano sobre el estómago, justo debajo de las costillas, y respira como si quisieras empujar la mano hacia afuera.

2. Visualización. Cuando visualizas, intentas "ver" en tu mente aquello que quieres conseguir, o imaginas un lugar que te hace sentir bien. Por ejemplo, se puede «visualizar» o imaginar que se está en una nube, en una playa, etcétera. Ponemos música suave y guiamos al niño a través de un pequeño viaje por su paisaje preferido. Como Alexia durante su aventura, podemos sugerir a nuestro hijo que inhale y exhale lentamente, que imagine colores que lo calman, y terminar la visualización pidiéndole que dibuje en su cara una sonrisa grande y relajada.

3. Mensajes tranquilizadores. También podemos enseñar a los niños a repetirse mensajes tranquilizadores como «Puedo hacer esto» o «Voy a estar bien».

4. Test «verdadero/falso». Un adulto también puede ayudar a un niño a enfrentarse a sus miedos más irracionales con un pequeño test. Por ejemplo: «¿Pueden estas hojas aplastarme de verdad?»

Hazlo tú mismo

Plan antimiedo. Tasi y Alexia (¡a diferencia de Rocky!) hicieron un buen plan antimiedo antes de enfrentarse a ese salto que tanto les preocupaba. Seguro tu hijo querrá tener también el suyo para combatir sus miedos. Pregúntale qué cosas podrían hacerlo sentir más seguro y ayúdalo a concretar su plan y, después, a practicarlo. **¡Platiquen, escriban, dibujen y organicen un buen plan antimiedo!**

¿Sabías que...?

Los miedos más comunes en la infancia

Hasta los 6 años: los niños tienden a confundir la realidad y la ficción, y a otorgar cualidades de seres vivos a objetos. También tienen dificultades con el concepto «causa y efecto». Se sienten vulnerables y con poco control sobre su entorno.

Entre los 4 y los 6 años: miedo a la oscuridad y a las criaturas imaginarias, a animales o insectos, a la hora de dormir, a los desconocidos, a perder a los padres, a la muerte, a los accidentes...

Entre los 7 y los 11 años: los miedos más irracionales pueden disminuir, aunque no tienen por qué desaparecer. Los nuevos miedos serán más racionales y estarán más relacionados con su entorno: miedo a ir a la escuela, al rechazo social, a las críticas, a las situaciones nuevas, a los ladrones, a los secuestros, a los peligros personales, a los accidentes y a la sangre, a las inyecciones, a que sus padres se olviden de ir a recogerlos, a los desastres naturales, a las avispas o las serpientes, a la guerra, al divorcio de sus padres...

Los atrevidos dan el gran salto de Elsa Punset
se terminó de imprimir en diciembre de 2015
en los talleres de
Litográfica Ingramex, S.A. de C.V.
Centeno 162-1, Col. Granjas Esmeralda, C.P. 09810 México, D.F.